카이로스의 종소리

사임당 시인선 25

카이로스의 종소리

자서

밝고 환희로운 아침
따사로운 햇살 받으며
오늘이 시작되는 기쁨

길고도 짧은 세월 동안
한 생애가 흘러가고
무에서 시작한 삶
충만하고 감사할 뿐이다.

사랑하는 가족들 친척 친지들
고마운 마음 가슴 가득 차오릅니다
늘 오늘같이 건강하고 행복하소서.

2023. 가을 김덕남

김덕남 시집 카이로스의 종소리

차례

2부

김덕남 시집 카이로스의 종소리

3부

4부

제 1 부

봄을 데리고 오다

울창한 소나무 사이로
빛처럼 내리는
따스한 햇살 한줄기

이름도 모르는
알록달록 풀꽃들이
함지박 가득히 떨고 있다

유달리
눈을 맞추고 웃어주는
분홍 풀꽃 하나 가슴에 안긴다

숨소리 있는 듯 없는 듯
향기 한 움큼

겨울 산자락에서
살며시 봄을 데리고 왔다

비 내리는 호수에서

우린 서로를 바라보고 있다
가을비 줄기차게 내리고
아무도 없는 호수 가

숲속 나뭇잎 침묵하며
소리 없이 비에 젖고

흔들림도 빗소리도 멈춘 듯
한 점 물결만
잔잔하고 고요하고 쓸쓸하다

깊은 호수는 흔들리지 않는다

자연의 묵언을 온몸으로
말 못 할 심연을 수장하듯
호수와 나 우린 하나다

우주에 공존하는 존재들
외로움 삭이는 순리를 공감하며

우린 소리 없이 비를 맞는다

낮은 곳으로 낮은 곳으로
발을 담그고 조용히
천천히 흐르기로 한다

설익은 단풍잎 하나
파르르 몸짓을 보낸다

신호등 2

달리고 싶은 욕망들이 정지선에 멈추다
결의 앞에 느긋한 대답은 없다

때때로
허방놀이 같은 신호등 앞에
한갓 구속이라고 투덜거리다

산다는 것은 때론 역주행도 해야 하고
절벽 앞에서 급브레이크를 밟아야 하는,
자유분방한 세월을 그리워하다

아직도
달리고픈 삶이 그리워지는 세월 앞에
나만의 신호등 불 밝혀 줄
미더운 신호 하나를 찾아 나서다

잡을 수 없는 막막함 그리고 외로움
보이지 않은 나를 붙드는
내 가슴속에 작은 신호등 하나 켜다

무심함

허공 속으로 날아오르는
통증을 싸매는 밤

바람에 나뭇잎 스치듯
어둠에 저녁연기 사라지듯,

우린 어렵게 만나 쉽게 헤어지는
무심한 세월에 얹혀 살고 있습니다

스치듯 지난 인연을 뒤돌아보며
지나간 시간일랑 잊으려 합니다

쏜살같은 연륜은
우주의 흐름일 뿐 우리의 몫은 아닙니다

통증도 불면도 무심도 흐르고
덧없는 세월 속 모래톱만 쌓여갑니다

먼 훗날
기억 속에서 무심히 잊혀 질 것입니다

파도 소리

성벽처럼 높이 솟은 아파트의 밤
고요하고 적막한 밤중이다

별빛처럼 듬성듬성 아스라이
어둠이 출렁거린다

물속처럼 어둠은 깊어만 가고
파도 소리 잔잔하게 들려온다

그 바닷가의 풍경을 생각한다
그 바닷가의 물소리가 더 크게 가까이 들린다

그 바닷가에 서 있는 나를 생각한다

가까이 밀려오다 바위에 부딪히는
물보라 속 풍경들이 선연하다

밤은 깊어가고 불빛 멀어진 이 밤
높은 성벽에 파도만 출렁거린다

〉

내 안에 고요히 밀려오는 파도 소리
밤은 점점 깊어 아득하다

달도 언젠가는 지구를 떠난다?

오늘 밤에도 나는 밖에 나가 달님을 바라본다
외롭고 쓸쓸하고 고독한 어느 날도 웃어주던,
지구와 형제처럼 같이 놀고 밝혀주던 달님!
언젠가는 이별이라고....
15억 년쯤엔 달과 지구가 이별한다고,
묵묵히 돌고 있는 지구라는 형과 밤마다
웃음 주는 아름답고 탐스런 아우의 이별이라니

밝은 달님을 보며 슬픔을 고독을 환희를
절망을 녹여주던 포근하고 애잔한 아우를 잃다니,
삭막한 세상에서 온기와 사랑과 미소를 만났는데
밤마다 떠오르는 네가 없다면 얼마나 삭막할까?

달도 차면 기우나니 또 살아나는 순리를 배웠는데
차오르는 기쁨을, 내려가는 겸손을 배우며 바라보았
던
달콤하고 포근한 탐스런 네가 없어진다면....
삭막하고 쓸쓸하고 험난하고 캄캄한 암흑이어라
15억 년이 오기 전에 우주의 기적이 오지 않을까

78억 인구가 소망하고 그리는 월광을,

언제까지 환히 웃는 달님 아우와 같이 살으리라

사이

너와 나 사이 까맣게 아득한 사이
어디서 와 어디로 흘러갈 것인가
꽃은 피고 지고 새들은 높이 나르고
바람 불어 상쾌한 날
같은 대지 위에 있음이 축복이다
너로 하여 내가 있고
하얀 밤 지새우는 밤 네가 있어 행복하다
그것이 믿음이란 것을,
장막을 치고 홀로라는 사이
외로운 항로에 침묵은 쌓이고
공존하는 사이 무르춤해지는
우리 사이에 달이 뜬다
너와 나 사이 홀로라는 사이
그것은 외로운 항로다
그래도
너와 나 사이 그리움만 사이에 있다

만추

따뜻한 나라로 찾아 내려가는
은은한 새 옷 갈아입고 서서히 흐르는
가을비 우산 속으로 소리 없이 찾아드는
이른 아침, 먼 산이 흐릿해 온다
찬란했던 그 여름 줄기찬 소낙비에
흘려버린 것들 먼 산 빛이 아득하다
떨어져 흩날리고 갈 곳 잃어 굴러가는
저 한 잎 한 잎 숨찬 흔들림이 애처롭다
무성한 여름날의 열기도
무르익은 가을의 풍요도 어느덧 흘러가고
바람 따라 구르고 구르며 흩날리며 떠나는
마지막 여열에 숨찬 나날들을 보고 있다
쌓이고 쌓여 흙으로 돌아가는
쓸쓸한 계절 낙엽 구르는 소리
새봄이 오는 그날을 위해 한 줌 흙으로
돌아가는 자연의 순환을 줍고 있다
그들을 소중히 주워 곱게 어루만져 준다

칠레 – 모아이 석상을 만나다

묵묵한 세월이 보인다
눈도 코도 입도 없으나 친근하다
긴 역사를 몸으로 보여 준다
입 없음이 말 없음이 더 많은 말을 하는
긴 세월을 몸으로 말한다
모아이와 같이 흐르는 칠레의 역사를,
오래전 더듬어 보던 긴 여행의 길이 보인다
칠레는 모아이 석상이 지키고 있었다
유연하고 부드러운 뭉텅 함의 신비!
무표정과 단순함이 끌어당기는 우주의
힘! 생로병사를 지키는 수호신!

무료한 일상을 살아가는 내 모습은
영락없는 모아이 석상!
바라보는 눈이 없어도 된다
하고 싶은 말 할 말은 깊이 묻어두고
묵묵히 따뜻한 온기로 미동도 없이
포근하고 넉넉하게 세상을 사랑하리
그리고 평화롭게 지켜주고 싶을 뿐....

아침 해

찬란하고 아름다운 빛나는 태양
눈부시게 바라봅니다

환희로운 아침!
욕심도 갈등도 아픔도 지금 이 순간
그저 무한 감사할 뿐입니다

팔순이란 세월!
하루가 축복이고 새롭고 반갑고
내 옆에 있는 모두가 보물입니다

욕심 없이 내일을 그려 봅니다
찬란한 햇님을 볼 수 있기를
오늘 내 옆에 있는 모든 것들을
내일도 볼 수 있기를 기도드립니다

석양의 풍경

오월의 햇살! 해맑고 따스하다
서산마루에 내려오는 햇살
해바라기 하는 많은 이웃들,
달리는 젊은이들, 휠체어도 가고
친구들끼리 보폭을 세어가며
따스한 미소가 넘쳐나고 있다.
흰 철쭉꽃 위로 검은 나비도 날고
잔디 속으로 산 개미 행렬도 지나간다

마스크를 하고 웃음을 감추고
따스한 햇살 속으로 열정은 흐른다
산 위로 넘어갈 듯, 구름 속 숨기도 하는
다정하고 포근한 햇님,
해 맑은 햇살로 응원을 한다
도랑물 소리도 출렁거린다
너들강 사이로 장난치며 흐른다

이곳저곳 아직 늙음이 건강하다
싱싱한 걸음, 건강한 풍경, 우린 이겼다

달리는 젊음도, 휠체어도, 서로서로 힘 모아
저녁 햇살 속으로 달려간다

풍경이 된 나목

나를 부르는 소리 들린다
친구들이 많이 춥겠는데....
마스크를 쓰는 것도 홀로라는 쓸쓸함도
어느덧 겨울 문턱에 왔구나
여름날의 무성한 풍경을 잊은 지 오래
눈앞에 살랑거리는 가녀린 모습들
언덕 위에 한 줄로 선 그들의 속삭임을
작은 떨림으로 손짓하는 다정한 친구들,
찬 바람 속 한 매듭 자라고 있는 당당함을
한 올까지 흔들어 보이는 섬세한 명화
가녀린 떨림 잔잔한 속삭임을 만나려
오늘도 바쁜 걸음으로 찾아 나선다
여름날의 폭우는 한갓 꿈이었다고
다 흘려보내고 떨어내고 날려 보내고
석양에 아름다운 풍경이 되었다고,
긴 세월 덕지덕지 쌓여온 잎들을
이젠 아낌없이 털어내고 날려 보내니
평화로운 풍경이 되었다고 소곤거린다
해질녘 잔잔히 흔들리는 너의 모습

풍진 세상, 푸르른 세월들, 끝없는 욕심들,
다 내려놓고 한세상 고요히 가볍게
달빛에 잔잔한 풍경이 된다
너와 같이 한세상 풍경이 되고 싶다

칼랑코아 활짝 웃다

아침마다 제일 먼저 반겨주는 너
칼랑코아 마흔 일곱 송아리
한들한들 떨리는 보드라운 자세로
우린 밤새 안녕을 묻고 있다

어떤 흔들림 그리고 적막함까지
긴 인고의 밤을 소리없이 이겨 내야 하는
너와 나는 한 송아리!

별처럼 엉키고 설킨 마흔일곱 송아리
쌀쌀한 이월에 피어나서 피고 또 피고
한 송아리도 지지 않고 피기만 하는
별처럼 엉키어 활짝 웃어만 주는 너

지난밤 폭우가 쏟아지는 밤이었다
적막한 어둠 흔들림 고독 인고의 시간을
이겨야 하는 너와 나는 한 동아리

하루 같이 살랑거리는 봄날 한 철

햇살 아래 당당함이여 밝음과 사랑함이여
새롭게 영글어가는 형제들에게 손잡아주는
따사로운 사랑 다정함이 소리없이 흐른다

유한한 세월을 잊고, 활짝 웃음 짓는 너희에게
나는 배운다
오늘도 활짝 웃는 날만 있기를.....

나를 위해 존재한다

밝은 햇살이 창문을 두드리면
알람은 정직하게 나를 깨운다
눈은 뜨이고
팔다리는 일어나라고 신호를 보낸다
주춤거리는 나에게
머리는 민첩하게 다잡기도 하고 어루만지며
어젯밤, 머리에서 가슴까지 분분했던 갈등
아직 토라진 시간을 살갑게 타이른다
네 맘 안다고 그리고 사랑한다고
외롭다고 쓸쓸하다고 고독하다고 재미없다고,
그건 다 마음먹기에 있다고,
세상에서 내가 너를 제일 잘 안다고,
나를 쓰다듬고 안아주고 사랑한다고,
산다는 것은 남이 대신할 수 없는
불가침 조약
태어날 때 맹세하고 고고성을 울렸으니
나는 나에게 다시 확답을 받는다
외출준비에는 문제가 없단다, 그래야지!
맹렬히 단합하며 잘 잘못도 용서하는

내가 나를 제일 사랑한다고,

아직도 넘치는 우정 사랑 이웃 혈육들
감싸 안아주는, 나는 행복한 나그네다

도서관을 찾아서

낙엽이 우수수 떨어지는 길목에서
무료한 시간들을 더듬는다
두리번거리다 도서관을 들어서다

어린이도서관 창틈으로
옹기종기 책보는 새싹들!
넋을 잃고 홀린 눈으로 바라보다
책상 위에서 읽고 있는 놈
등을 맞대고 장난스럽게 책 읽는 놈!

어느 순간 나도 무료한 순간이 깨어나다
낯익은 친구를 찾듯 시집을 고르며
마음 가득 따뜻해 온다

모처럼 초대된 반가운 얼굴들
손을 내밀어 어루만져본다
나를 초대하듯이 반짝이는 웅성거림
가슴 설레이며 웃음이 나온다

무거운 가슴을 내려놓고
산듯이 안겨 오는 내 친구들,
그들을 품에 안고 바깥 하늘을 바라보다

옛날 옛적에

도회의 아파트 창살에서
반짝거리는 날카로운 햇살
바라보는 눈이 겁에 질린다
고개를 젖히고 올려다보는 그곳
하늘일까? 천국일까? 누구의 안식처일까?
끝없이 높이 오르는 지상의 욕망
하늘 높이 오르기도, 내려오기도
한순간! 지상과 천국을 오르내리는
숨 막히는 도회의 오늘!

지금쯤 수양버들 가지 늘어진 그 시냇가
피라미 떼가 몰려오고 몰려가고
금빛 물결 반짝거리는 그 시냇물,
남강 물 찾아가는 그 작은 냇도랑 가엔
낮밤 하루 종일 조무래기들 세상!

무논엔 푸른 벼이삭 알베기 시작하고
논두렁마다 푸르른 콩깍지 여물어가는
팔월의 정자나무 아래엔 풍년가 한창

은하수 북두칠성 북극성 바라보며
명석 가득 어른, 아이 재롱 마당이 된다
수박 한 덩이면 지상천국 극락세계!
언제 한번 다시 살아볼까? 그 지상의 낙원을....

내 그림자

석양에 서 본다
길게 따라오는 내 그림자
빠르게 달릴 수도 없는
천천히
엉거주춤 허리를 펴 본다
나도 모르게 웃고 있을 너
비바람 속에도
손잡고 걸어가자고
잡을 수 없는 내 영혼까지
함께 다독여 주는
빛과 그림자
알 수 없는 어떤 모습으로
때로는 눈물이 되고 고독이 되는
통제되지 않는 서러움까지
어루만지고 달래주는
너와 동거한다
긴 세월
하나뿐인 너와 나
한 세상 같이 살아온
묵묵한 너가 나였구나

제 2 부

무無의 세계

고요하고 물속같이 침전하는 시간에 나는 무엇을 할까? 내 마음이 가는 대로 내 손이 잡는 것을 지켜보고 있다 주변에는 손에 잡히는 것도 눈이 찾고 있는 것도 나를 부르는 것도 없는 밤, 그리고 외롭지도 쓸쓸하지도 복잡하지도 고독하거나 누군가 그리운 것도 아닌, 눈앞에 보이는 것들이 아무말없이 조용히 나를 지켜보고 있다 무의식 또는 반 무의식으로 머리와 마음과 손을 자유롭게 방치해둔다

지금 나란 존재는 내가 관리 하지 않는다 이 정중한 밤의 엄숙한 분위기에 나는 고요히 말없이 얹혀 있다 무의식 세계가 나를 멀리 두고 관조하고 물끄러미 바라본다 이 순간에 기쁨도 슬픔도 그리움도 고독도 쓸쓸함도 아니면 어떤 환희 환호 열광 열정 바쁨이나 쫓김도 없다 무의미 무의식 무감각 그리고 또렷하게 밝아오는 눈앞의 밝음과 고요함..... 이런 무감각 무의식 무관심 무의 세계로 즐기면 된다 그저 고요하다 편하고 안락하다 맑고 투명한 내 속이 보인다

아, 이런 순간을 갖고 싶으나 내 의지는 아니다 적막과 고요 속에 합일하는 순간, 나는 없다

기다림

어떤 기다림

혼자이기를 즐기면 된다

끝없이 날아오르는 희열이라 하자

산다는 것은 홀로 연습이 필요하고

약속 언약 다 부질없는 부담이라 하자

파도치는 물굽이를 바라보며

무심한 바다의 마음을 읽고 있다

세월이 깊어가면 바다를 닮으라 하자

기다림은 너그러운 배려이고 기쁨

자유인이 되는 자유로움이라 하자

〉

기다림은 약속이 아니다

또 다른 하나의 그리움일 뿐,

블랙홀 Black Hole

어떤 블랙홀
보이지 않은
깜깜한,
산다는 것은
한 편의 블랙홀이 아니던가?

얼마나 허우적거려야
빠져나올 수 있을까?

언제쯤 찬란한 빛이 보일까
마그마가 흐르고
용광로 불꽃을 삼키는,

우주 은하를 회전시키는 블랙홀,
너 없으면 우주를 돌릴 수 없다니
괴이하고 무서운 존재!

우리 삶의 블랙홀,
숨 막히고 캄캄한 어떤 순간들, 아니

다시 살아나는 그 위력에 전율하다

환희, 승리, 영광,
새 빛을 찾아
우주의 풀무는 계속되다

뿌리 걸상

가다가 쉬고 앉을 자리를 살피다
내 눈에 꼭 반가운 걸상 하나
힘껏 뻗어 나간 튼튼한 뿌리 걸상!
발아래 별꽃들이 방실거리며
아름다운 걸상을 내어주다

"당신은 누구십니까?"
"이 벚꽃 마당의 대장이신가요?"
우람찬 둥치에 주사들이 여럿 꽂혀 있구나!
동병상련, 애잔하여 어루만지며 쓰다듬어 주다
늘씬한 두 가지를 자랑하는 25m 쯤 큰 키
날씬하고 매끄럽고 아름다운 풍경이다

문득 강진 다산 초당을 오르고 있다
그때 소나무 뿌리 길을 오르며 숙연하였는데
얽히고설킨 굵은 뿌리가 다정스레 반기며
한 몸 되어 길을 내주었는데
뿌리들의 어울림 강인함 희생에 놀랐었지
생명의 근원에 대해 한없이 공손해진다

〉

친구의 무릎에 앉아 아름다운 시를 들려주고
물을 한 모금씩 나눠 마시고
흘러간 옛 노래를 들으며 꽃비를 맞다
길섶 동백꽃 한 송이가 뚝 떨어지네
수양버들 하늘거리는 오후 한나절
확인할 것은 아무것도 없는 오늘인데
우린 고요히 바라보는 행복,
살랑거리는 친구의 마음 한 자락
화르르 화르르 꽃비를 내려준다

낙엽을 줍다

벌레 먹다 만 단풍잎들
지난 세월 쌓아 온 흔적들을 주워 모으다

예쁜 날 흐린 날 구름 낀 날
찢기고 넘어지고 피 흘린 자국 들
아름다운 추상화를 주워 모으다

무성한 지난날의 역사를
한 잎 한 잎 주워 모으다

비에 젖고 바람에 날리고
쌓이고 쌓여 온 세월들을
촉촉한 사랑으로 모으다

떨어지는 낙엽 한 잎 한 잎
지구별에서 떨어지는
작은 별 하나 주워 모으다

심란함

찬란한 순간은 바람이어라

지나간 시간 그리고 바람들

날려 버리기엔 더 무거운 무게

소리 없는 비명과 전율

온몸으로 다가오는 안절부절

한갓 벼랑 끝 침묵의 고통으로

때때로 허우적거리는

신음과 절규와 비명은 끊고

깊은 심연으로 파고드는

말없는 저항의 바람만 불다

무궁화 나무 아래서

호젓한 산책길에서
화사하게 웃고 있는 너를 만났다
가슴 가득 바람 한 줄기 스친다
얼마만의 해후인가?
사랑하는 무궁화!
떨리는 가슴으로 다가서서 어루만져본다
꽃잎이 몇 개였더라 다섯 잎이구나!
향기를 맡아보고 탐스런 꽃술을
탐하는 순간,
오랜 세월 저편에서
웃으시며 다가오시는 아버지 모습
아득히 먼 곳에서 부르시는 듯,

"무궁화처럼 잘 자라거라"
어린이날 기념 식수로 심어주신 무궁화!
고향 옛집 대문 안 무궁화 한 그루
그 자리에 그대로 자라고 있을까?
지금쯤 얼마나 우람하게 자랐을까?
당장 달려가 해후를 하고 싶다

긴 세월을 안고 있을, 그를 안아 보고 싶다
까마득한 기억 속 아버지는 젊으시다
아버지를 만나듯 그 무궁화를 만나고 싶다

'나는 무궁화처럼 잘 살아왔는가?'
우리 형제 오 남매, 나 중학교 3학년 때
모범학생상 받은 기념으로 심어주신
나의 마지막 효도인 셈이다 2년 후,
사범 2학년 때 많은 당부를 하시고 영면하셨다.
손주 13명 증손주 20명 만개 된 꽃송이들!
무궁화처럼 무궁무궁 번성하기를 염원하셨으리라
아옹다옹 자주 만나고
건강하게 오고 가며 살고 있으니
고향집 마당가에 서 있을 우리 형제 무궁화!
부모님 산소 앞에 옮겨 심어드리고 싶다 간절히,

산을 오르다

여기는
하와이 이아오 벨리 공원
하늘은 무지개구름
트레킹 코스엔
나를 반기는 야생화 온검수
800여 종이 다투어 피고 지고,
나는 나와 끝없이 대화를 나눈다

오늘 나는 정상에 오른다고
나와 나는 끝없는 밀어를
뜨거운 심장으로 일탈을
혼자라도 외롭지 않다
내 영혼은 한없이 자유롭고
누구도 알 수 없는 순간
우주 공간에 한 점
위대한 삶의 찰나
살아 있음의 위대함
내 마음의 동반자와 같이,

〉

나만의 트래킹을 즐긴다
마음을 다잡고 부지런히
따라 오른다
희열이다 감격이다 환희다
TV와 동반하면서,

고독

싸늘한 이른 아침 창문을 열어 본다
까치 한 마리 찬 기운 남기고 날아가다
'고독이란 저런 것인가?'
고독이란 자기와의 싸움이 아니 던가
누구와도 나눌 수 없는 자기만의 결단
더 처절하게 외로운 탈출구를 찾는
도움과 응원을 거부하고 자아와의
한판 승부를 걸고 일어서는 것이리라

지금 이 순간,
막막할 때 길을 잃었을 때 혼자라는
나만의 사랑 법을 찾고 있다
누구의 위로도 거부하고 끝까지 절망하고
그리고 고독해야 한다
더 처절하게 찬바람이 불어오듯 차가운
손잡아 줄 내가 기다리고 있다

세상에 의지하고 말을 나누고 함께하는
어떤 고독은 고독이 아니다

긴 세월 나를 지켜 준 절대고독을 품고
살아온 나, 나를 사랑한다고
너와 나의 길 밝혀주는 너를,
홀로 나만의 고독을 사랑한다

별나라에는 누가 살까?

청명한 밤하늘을 오래도록 바라본다

저 아름다운 별나라에는 누가 살고 있을까

지구의 모래알보다 더 많은 우주의 별들!

광대무변한 우주의 밤하늘에서 내려보는

무수한 별들의 세계에는 누가 살고 있기에

오늘 밤도 밝은 미소로 깜박이며 내려 볼까

누구를 찾고 있을까 누구를 보고 반짝거릴까

지구의 생명들이 찾아가는 하늘나라가 저기일까

저 별은 나의 별 저 별은 너의 별 유달리 반짝인다

수억 년 우주에서 소멸되는 생명들의 본향일지 모르는,

〉

오늘 밤에도 그리운 인연을 내려다보고 있지 싶다

유달리 눈이 가는 저 별, 오래오래 지켜보고

눈을 맞추고 영겁의 소원을 빌어본다

먼 훗날, 그리운 인연들 천국에서 만나리.....

귀향

인도 우다이 호수 언덕에서
넘어가는 해를 바라본다

저녁놀 붉은 햇살 비친
호수에는 왕궁이 떠 있다
1500년 긴 세월도 떠 있다

하얀 조각 같은 왕궁에는
아리따운 사리가 하늘거린다

산 산 산속으로
지친 하루를 보듬고 넘어가고 있다

먼 산 너머 내 조국이 있다는 걸
외치고 싶다

지친 나를 뉘일 수 있는
내 집으로 달려가고 싶다

〉

말라리아 예방약에 고생하던 날
우다이 호수의 일몰을 보며
그리운 내 집으로 달려가고 있다

낙엽 길 따라

산길 따라 걷고 있다
가을은 깊어가고
우수수 낙엽 지는 언덕길

아롱아롱 제 색깔대로
살아온 세월만큼
더 붉게 더 노랗게 쌓이는데 ....

바람에 휩쓸려 혼자 가는 길
바람 부는 대로 흘려 흘러가는
쌓이고 쌓이며 소멸되어 가는 길

소리 없이 따라오는 발자국 하나!
푸르른 사스레피 속삭이는 소리
홀로 두고 어디로 가느냐고,

휘날리는 낙엽 길 멀어져 가고
홀로 스며드는 그리움 그리고 외로움
혼자 떨고 있는 푸르름이여

빈손

아스라이 멀어져 가는
잊혀진 세월 따라

흘러 가버린 바람
잡히지 않는 그 날

허공 속으로 흐르는
말없는 시간 속으로

잡힐 듯 잡히지 않은
찬바람은 지나가고

가슴으로 흐르는
따뜻한 온기

아직도 그리운 빈손

날마다 새롭게

밝은 햇살이 반겨주는 오늘 아침
유달리 푸르른 먼 산이 반갑다
오늘이 처서이니 먼빛이 더 싱그럽구나!

소나기 한줄기 지나가고
코로나 뉴스에 현기증 나는 계절
마스크 쓰고 오는 아이! 왜 내가 미안하지?

어제와 똑같은 오늘 생각지 말자!
마스크는 필수, 악수도 안 되는 너와 나
보고 싶은 친구들, 그리운 형제들 그리운 세상

오래 살다 보니 별별 세상을 다 만난다
해방 무렵엔 호열자, 초등학교 땐 장질부사
세월 따라 홍역, 독감, 메르스, 또 코로나
산다는 것!! 편안한 시절이 없이 다 지나갔구나!
태양은 내일도 활짝 떠오를 것이다

고도를 기다리며

햇살 쏟아지는 열두 시
소낙비 내리는 열두 시
시간의 색깔은 다르다
광안리 바다가 깊어진다

수평선을 그릴 때
출발선은 아직 멀리 있고

오늘은 수평 선상에 떴다
눈에 띄지 않는
나는 모자를 벗었다 썼다 한다

뜨다가 가라앉고
가라앉다가 또 뜨는
하얀 요트가 가물가물하다

붉은 태양은
거침없이 떠 오른다

* 고도를 기다리며 : 사뮈엘 베게트의 희곡

겨울이 오는 소리

참새 떼들이
햇살 찾아 옹기종기 모였다
서산 응달에는
어두움이 짙어 오는데

호수가 계단마다
엉거주춤 모여드는 어르신들
넘어가는 햇살 한 웅큼
다스한 온기에 주름살 펴지고

호수는 고요히 반짝이고
뛰놀던 피라미 떼 돌 틈에 숨었다

달리는 청춘들 싱그러운 소나무,

밀차 밀고 가는 아담한 노인들
어느 세월에 허리 굽었을까?

새날 새봄이 오는 날

한 걸음이라도 더 걸어 보겠노라고

겨울 호숫가에는 정다운 세상이 보인다

저녁 기도

먼 산 뿌연히
찾아오는 시각

반짝이는 별 하나
하루가 저무는
안식 평온 휴식

넘어가는 너를 배웅한다

오늘도
쉼 없는 몸을 싣고
어리둥절 달려오다
지금 여기,

저녁 무지개 타고
황홀한 휴식이 오는 소리
난, 묵상에 들어간다

오늘도 여기에 조용히
눈부신 빛처럼,

제 3 부

11월의 마지막 밤

투정하던 미로
하나의 순수를 찾아

무성한 숲만 있기를
욕망이란 불덩이를 피워 올렸다
미루나무 같이 웃자란 세월
천둥과 번개가 내려꽂히고
꺾인 날갯죽지에도 물은 오른다

빨갛게 노랗게 물드는 것
오직 너뿐인
영글고 땀 흘려 가벼워지는 몸뚱어리
완숙해진 속살을 여미고

다 떨군 빈 가슴으로
허전한 듯 가득찬 듯 품어야한다
야윈 손가락 사이로 달아난 세월
너무 멀리 걸어온 날들
남은 날은 헤아리지 아니하다
더 천천히 발을 디디다

유리 천정

새들이 광속을 날다가
하얀 벽에 부딪친다

투명한 하늘이 내려 다 본다
손에 잡힐 듯 가까운
별이 쏟아지는 천정
허우적거리는 내가 있다

유리 천정으로 빗살이 꽂힌다
수직으로 사선으로
자유로이 내려꽂힌다
빗줄기가 별빛으로 내리는 밤
나는 별밤을 헤매이다

무한공간에서 허우적거리는
온몸이 화살을 맞다
마음이 먼저 화살 속으로 날아가다

유리 천정을 뚫고

무한 날고 싶은 세상
정수리부터 젖고 싶다
하늘까지 나를 투영시킨다

무표정의 계절

하얀 마스크, 검은 마스크.....
표정도 없이 마스크가 걸어온다
너와 나는 모르는 사이
웃음도 인사도 악수도 없는
고독을 온몸으로 감추고
홀로 나만의 결을 침전하고 있다
사람들 서로서로 멀어져 간다
적막한 오솔길 따라서
자연의 진솔한 표정들을 만나보고 싶다
길섶의 작은 목련 한 그루
봉긋이 앳된 수줍음이 나를 반겨준다
노란 싸락눈 쌓이는 산수유 앞에서는
저절로 함박웃음 피어오른다
소곤거리며 말을 건네기 시작한다
따스한 바람 가지마다 흔들어 주고
봉오리를 어루만진다
모처럼 마스크를 벗고
다정한 그들에게 내 말을 전한다
상큼한 속삭임이 귓전을 파고든다

"당신의 걱정을 나에게 걸어두고 가라고"
"햇살은 머지않아 걱정을 걷어 갈 것이라고"
가슴 가득 콧노래를 불러본다
오솔길 따라 아지랑이 아롱거리다

산수유

양지바른 산기슭

무명저고리
오방색 치마 한 폭
사푼히 내려앉은 자세
음전한 그 자태 그립다

눈가루 날리는 우수에
노란 솜털 오시시
가지마다 박새가 노랑 똥을 갈긴다
햇살 한 줌에 수줍다

남몰래 웃어줄 애교도
벌 나비 희롱할 향기 하나 없으니
순박한 정일랑 접어 둔지 오래다

한 발짝 아래에 냇도랑
샛노란 허공만 바라본다
고향 그리워하는 산수유 한 그루

눈부심

연초록 잎새들의 반짝거림
달콤한 햇살의 눈부심
부드러운 살랑거림을,
앳띤 웃음으로 반기는
신록들의 황홀함,
가슴에 윤기가 흐른다

풀꽃 돋아나는 어린 생명들
아장아장 돋아나는 저 걸음들
봄볕의 눈부신 포옹은
누구를 위한 웃음일까 잔치일까

나비 날개처럼 날아오르는
여인들의 눈부심이여
대지에 가득 차오르는
5월의 싱그러움
찬란한 계절의 여왕이여!
그대 눈부시다

잠자는 모란

저녁 빛이 찾아올 때면
아무도 모르게 꽃잎이 무너질까 봐
혼자만의 순정을 고이 접는 시각
어스름 베일을 두르고
달님도 별님도 품어주는 밤

한 잎 두 잎 만리장성 쌓고
짧은 한 생 밤이 새도록 풀어내라고
잠 못 이루는 너를 지켜보고 있다
밤새 이슬 머금고 함초롬히 잠든 귀품을,

어느 순간 뚝뚝 무너질까 봐
일편단심 하루 해가 아쉽다
찬란한 절정!
청매화도 앵두화도 잠 못 이뤄 뒤척이는 밤
아침마다 그리움 되어 방울방울 맺혀 있다

달빛 아래 모란꽃 순절할까 봐?
밤을 차린다
한 생이 지나가는 이 밤을,

둑길

코스모스 하늘거리던
그림자 길게 따라오던 그 길
긴 둑길을 홀로 걷는다

꿈과 내일을 꿈꾸던 긴 둑길
하얀 마음 끝없이 날아오르는
청운의 꿈이 서럽다

남강 물줄기 따라 흐르던 시절,
푸른 잎새 하나 흘려 흘려서
더 멀리 더 넓은 세계로 흐르고 싶었다

푸른 들판 넓은 바다를 만나
물결 출렁이는 어느 낯선 바닷가
긴 여로 긴 둑길의 종착역이었나?

그 긴 둑길의 여로는 끝이었다
희. 노. 애. 락 그리고 사랑
뒤돌아보는 귀로엔 그림자만 드리우다

거미줄에 옥구슬

밤새 소복소복 옥구슬 한 쟁반
풋풋한 잔솔가지에 거미줄 한 폭
주인 없는 은쟁반 보슬보슬 채우려고,

보슬비는 살랑살랑 내리고
쟁반 가득 채울 듯 말 듯,
영롱한 구슬에 내 얼굴 비추이네

밤새 누가 그물을 쳤을까
어디서 지켜보고 있을까
누구를 위한 만찬일까?

아마도 의미심장!
산다는 것은
아무것도 잡히지 않는
허공일 뿐이라고…

오늘만은 저 영롱한 물방울로
찬란한 세상을 바라보라

터질 듯 굴러가는 세상
풀잎에 구슬 같은 천국!

비 온 뒤 영롱한 세상을 바라본다

자작나무

하얀 은빛 흔들림이여
도열해 있는 정갈한 너의 모습
다정한 여인들의 속삭임처럼
자작자작자작 다정스레 웃어주던 너를,

하얀 잎 살랑거릴 때면
맑은 물 마시고 곧게 살아가는
굽힐 줄 모르고 당당한 너에게
옹고집스런 내 모습을 비춰본다

자작자작 소곤대는 너에게
사랑과 자유와 온유를 배웠고
폭풍이 지나고 새벽이 오면
위로와 평안을 나누고 싶었다

해맑은 마음 한 자락 내려놓고
오래오래 자작자작 놀고 싶어라
오늘 문득 먼 옛날 어느 날,
북해도 자작나무 숲속을 그리워하다

고요한 밤

그 물가를 생각한다
깊어가는 홀로 되는 밤이다
고요는 깊고 고운 물밑이다
정갈한 느림의 시각이 고요를 데려 온다
끝없이 깊어가는 생각의 나래
고요가 고요를 부른다 간절하게,
깊은 밤 고요를 데리고 놀다 보면
저 만의 세상에 취한다
고요하고 단순하고 느리고 침묵한다
고요 너를 느끼고 어루만지고
바다 위 홀로라는 자화상을 본다

긴 세월 흘러흘러 강물처럼 바람 따라
오래 참고 견디고 물러서고 휘날리며
때때로 질투 분노 탐욕도 지나가고
이젠 다 내려놓고 팔순이 되었고
잔잔한 물결 어루만지며 고요하다

고요한 밤
홀로라는 자화상을 바라보다

천문학자 리비트

수많은 천문학자 중
오로지 홀로 여자인 리비트

들을 수도 말할 수도 없기에
오로지 눈으로 보고 또 보고
타고난 청각장애!

정밀하게 더 가까이 다가간
별들과 하나가 된 성녀
별들에게 어머니가 된 그녀!

우주의 잣대로 하늘을 재고
재단하고 또 재단하고
우주의 잣대를 발견할 때까지

나 홀로 별들과 대화하고
심령으로 말을 나누고
우주의 신비 속으로 눈 하나로 지켜 낸
그녀의 오른편에는 하나님이 동행하셨으리라

〉

천지를 창조하신 하나님은
외로운 생애를 우주에 바친
그녀를 손잡아 주셨으리라
우주에는
남자와 여자가 같이 있음이
하나님 보시기에 좋았느니라

부성父性

히말라야의 학교 가는 길을 방영하고 있다
얼음산을 넘고 굴러가며 넘어지고 엎어지고
엉금엉금 학교 가는 길!
흰 눈은 내리고 얼음은 두껍게 얼어 붙은 산길
어깨에 머리에 자식을 이고 메고
얼음 냇물을 헤쳐가는 부정父情의 사투!
울 수도 없는 극한지대, 학교가 보인다

멀리 학교가 보이고 운동장에 줄을 서 있는 학생들
눈 속에 반듯한 학교를 보는 순간.....
아들과 아버지의 울음, 포옹하며 우는 뜨거운 모습,
오로지 공부를 시키려고 배워야 한다고,
공부를 하여 부모의 삶을 벗어나라고 ,
아들에게만 선택된 행운을 찾아 어버지는 휘청거린다
'열심히 열심히 공부하여 의사가 되겠다고.....'
아버지와 아들의 사투와 각오를 같이 빌어준다
얼음물 속에서 더 얼고 얼어서 빌고 또 비는
눈물 섞인 부성父性이 있을 뿐,

〉

산다는 것은
생명을 걸고 투쟁을 하고 희생을 이겨 내는
부모라는 숭고한 사랑이 있을 뿐이다

미로 프로레스 해변에서

석양은 일몰을 재촉하는데
나그네 발길은 멈추어 섰다

태평양 파도가 쏟아지는 바닷가
자잘거리는 물결 소리 다정하다

물보라 맞는 해변의 꽃들은
철없이 피고 지고 길손을 반기는데

황금 물결 너울대는 물거품 속으로
세속에 찌든 풍진 씻어가 다오

미로 프로레스 해변에서
저녁 해는 기우는데
서산 저 너머
내 조국! 내 가정! 그리워라
눈부신 햇살처럼!

고요히 비는 내리고

뿌연 안개 속
보일 듯 말 듯 동양화 한 폭
산빛이 은은히 출렁거린다
날개 돋친 코로나도
마스크 낀 어린이들도
고요히 잠재우는 가을비
마른 가슴을 적시고 먼 산이 멀어졌다
가까워졌다 나를 손짓 하는데.....
오늘만큼은 포근하여라
빗속의 차들도 소리 없이 달리고
우산 쓴 저 여인 아름답기만 하네
땀 흘리던 메마른 가슴팍에
포근하게 은은하게 소리 없이
가을비는 내리는데 .....
청명한 가을 하늘 아래 해맑은 세상 되소서!

새벽기도

여명이 밝아 오는 새벽
세상은 고요하고 엄숙하다

밤새 제자리에서
눈을 감고 세상이 돌아가는 이치
어제의 나와 지금의 나
밝음과 어둠의 차이

먼빛 밝아오는 시각
나는 어떤 마음인가?

어제와 오늘의 차이
하나님을 바라보는 새벽
먼빛 어둠에서 벗어나는 나
더 작아지고 더 밝아지는
먼 나라 먼 세상 밝은 그곳

어둠을 벗고 어둠을 벗고

쉼 없이 작아지고 밝아 오는
또 다른 나로 태어나리

길

시냇물 가에 앉아서
순순이 흐르는 물길을 바라본다
어디서 와서 어디로 흘러가는가

시원始原을 생각해 본다

푸르른 소나무 숲에서 자라서
더 머물 장소를 찾아 떠나기로 한
찾아서 또 찾아서 흘러온 길
때로는 울부짖고 할퀴고 밀리고 쓸리고
낭떠러지도 있었었지.....

넓은 바다에 닿는 날
환희하고 즐기며 새로운 세상을 만나고
수많은 낮과 밤 긴 세월 따라
아이는 커서 어른이 되고
부모 되어 또 자식을 키우고
삶! 예쁜 무궁화 한 송이 피우는 일이다

〉

시작도 끝남도 아무도 모르는 길
긴 강물은 흘려 거칠고 부딪혀도 그냥 흐른다
어느 순간 또 다른 곳으로 흘러가야 하는 길
뜻대로 의지대로 아닌, 시작도 끝도 모른다

그 길 위에 나는 홀로 서 있다

카이로스의 종소리
김덕남

제 4 부

속삭임

은은하게 울려 퍼지는 그 음률
끝없이 속삭이는 외로움이 있다
귓전에 맴도는 아름다움이여
잡을 수 없는 달콤함이여
천상의 소리인가 잡을 수 없는 허무인가
심혼을 뒤흔드는 음률
오래전 잊혀진 첫사랑의 밀어인가
우주의 논리로도 알 수 없는 시의 찬미
영혼의 갈피를 뒤흔든다
개울가 지천으로 피고 지는 가냘픈
풀꽃들의 흐느낌을 본다
무성한 가지 사이로 여치 한 마리 노닌다
속삭이지 못하는 외로움이 있는가
보이지도 만져지지도 않는
지나가 버린 아득한 옛날이여
아직도 끝나지 않은 아름다운 여열
속삭임은 자유로운 영혼의 환희다

카이로스의 종소리

산사의 종소리가 그립다
저녁 종소리는 그리움이다
물소리 정겨운
통도사 계곡이 눈앞에 다가 온다
맘껏 날아가는 멧새들처럼
일상을 던져두고 낙엽을 밟으며
적멸보궁을 찾아 나서고 싶다
때때로 나를 이끄는 카이로스의 시간!
산속을 자유로이 거닐고 싶다
일상에서 한 발짝도 자유롭지 못한
'코로나 19' 재앙 속에 갇혀 있는
어떤 구속과 반복의 시간은
우리를 한참 슬프게 한다
크로노스는 반복의 시간이면
카이로스는 자유로운 창조의 시간이다
우리는 이 두 겹의 시간을 향유하며
필멸과 불멸의 시간을 함께 살아가고 있다
평범한 삶의 행복을 모르고 살아왔다
주어진 일상 속에서

진정 자유로운 영혼이기를 갈망하며
저녁 종소리에 나를 맡기고 싶다

소금 사막

끝도 안 보이는 질주가 있을 뿐,
아스라이 보일 듯 말 듯 아득한
하얀 지평선 그리고 수평선
영혼의 본향은 어디일까
창세기의 노아 홍수를 보고 있다
바다가 4300미터 솟아오르고
5000미터 산맥은 침몰하는
전설 같이 하얀 세상 현기증 난다
한 움큼 만져보고 맛을 핥아 보고
절이고 절인 짜디짠 세상
씻을 수 없이 찌든 내 속을 비춰본다
원초적 아픔이 숨을 죽인다
까닭 없이 나의 죄를 묻고 싶은
하늘과 땅의 경계는 없다
끝없는 순수에 가슴만 두근거리고
하얗게 빛바랜 고요
하얀 것들은 나를 아프게 한다
우유니 소금사막은 말이 없고
우리를 태운 차는 계속해서 달린다

금계국 필 때

석양에 황금 물결 일렁인다
쑥부쟁이도 같이 출렁인다
그때도 금계국은 만발했지,

6월의 햇살에 유난히 반짝
거리던 전송을,
잊을 수 없는
찬란한 슬픔이여

신록이 피어나는 바깥세상을
다시 한번 밟지 못하고
금계국 피는 그 나라로
훨훨 날아간 그대

노란 물결 피어나는
해맑은 언덕 너머로

온갖 것 다 남겨두고
기약 없이 날아가 버렸다

여시如是라는 세상

네가 힘들 때 나도 힘들고
네가 행복할 때 나도 행복 해 지는,

오늘은 태양이 골고루 비추이고
어제는 소낙비를 같이 맞으며
같은 눈으로 같은 세상 보는 우리들,

절망과 고통, 희열과 환희,
한 세상 살다 보니 거기가 여기인가

너와 나, 아군과 적군, 천당과 지옥도
울다 웃다, 비온 뒤 햇살이 더 찬란하다

한 세상 같이 살아가는 여시如是 일 뿐,

촛불

어둠을 사르고, 사르고
밝아오는 불빛이여

가녀린 흔들림
잔잔히 흐르는 바람이여

겹겹이 쌓여오는
깊어가는 간절함이여

심연의 바다에서
피어오르는 밝음 사이로

끝없이 날아오르는
평온과 안락의 나래로

가까이 오는 인연 속으로
멀어져 가는 무의 세계로,

열엿새 날에는

열엿새 날 보름달에는 여유가 보인다
보름달 바라보며 소원을 빌었겠다
휘영청 밝은 보름달에 무엇을 빌었을까
외로움이 하얗게 박제된 보름달

열엿새 날에는
정점을 찍고 내려가는 그가 편해 보인다
완전한 것은 있을 수 없다고
꽉 찬 세상은 순식간에 떠난다고
오래전, 알아버린 너
'한가위 보름달만 같아라'
내가 감당해야 할 고독임을 알았다

보름달은 세상의 얼굴
구름 속을 넘나드는 홀로 뜨는 세상
뜨고 지고, 또 뜨고 지고
인생의 긴 여로!
한 달간의 달빛 여로와
무엇이 다르랴?

해 님에게

양지바른 돌담 아래
별꽃을 키우듯
햇살 고루 내려주소서

따스한 햇살처럼
부드러운 말들만
오가게 정을 내려주소서

먹구름 걷어내고
비바람 걷어내듯
옹졸한 가슴을 열게 하소서

구석구석 빛을 내려
그늘진 곳에
양달을 내려주소서

축축한 음지에도
연약한 풀싹들이
반겨 줄 봄바람 불어주소서

허허벌판

먼 옛날,
어머니는 종종 허허벌판에
서 있다고 하셨다

들판엔 황금 물결이 출렁거리고
논두렁에는 콩알이 익어가는 늦가을
들판 가득히 알곡식이 무르익어 가는데....

그땐 허허벌판이 어찌 생겼는지
어느 때 허허벌판이 펼쳐질지
그냥 어렴풋이 슬프기도 하였는데....

아버지 떠나보내시고 그 긴 세월
넓은 논밭에 땀 흘리며 농사짓던
어머니의 벌판이 이제야 보인다

허허벌판에 홀로 서 있던 어머니
긴 세월 흘러 여든 고개를 넘으니
어느새 내 앞에도 허허벌판이 보인다

그리운 소나무

고향 집 장독대 옆 우람한 소나무 한 그루!
사시사철 푸르게 지켜주던 터줏대감!
일 년 삼백육십오일 추우나 더우나
그 자리에서 어머니와 함께한 오랜 세월들
장 담글 때, 김장할 때도, 제사가 있을 때도
집안에 큰일이 있을 때마다
소나무 앞에 정화수 한 그릇 올리시던 내 어머니!
우람하고 풍성한 가지마다 싱그러운 향내로
일 년 내내 굽어보며 하루같이 평강하게 지켜준
대장 소나무! 어머니의 지성과 소나무의 정기로
그 시절 우리 집안은 참으로 행복하고 흥성하였다
뒷산으로 잔솔나무를 거느리고 언제나 구붓하게
평화롭게 지켜준 성스러운 소나무를 잊을 수가 없다
아람 들이 잘 생긴 소나무를 보면 절을 올리고 싶다
어린 시절 그때 어머니를 회상하며
우리 집안을 지켜준
그 성스러운 대장 소나무를 잊을 수가 없다
나의 모태 나의 고향 나의 어머니 나의 삶을
키워주신 우람하고 정갈한 푸른 소나무!
나에겐 아직도 잊지 못하는 그리운 어른이시다.

대피소 2

의연히 서 있는 나무들!
바람 불고 빗줄기 때려도 피할 줄 모르는,
나무들 아래에 조용히 서 봅니다

앵초 꽃도 붓꽃도 금낭화 꽃초롱도
함초롬히 이슬 받아먹고 활짝 웃는다
파릇파릇 돋아 난 새싹들 생기가 가득한데,

작은 빗방울 하나에도 젖어 드는 내 몸 하나
빗방울 하나에도 피하는 나란 존재의 허무
우주의 주인공이라고 큰소리 하다니…

코로나에 입을 닫고 마스크 하나에 의지하는
하늘아래 땅 위에 숨을 곳 없는 세상
인류의 대피소는 어디에 있는 걸까?

의연하게 서 있는 나무처럼 살고 지고,

우주 속에서 속삭이다

캄캄한 밤하늘에 말을 걸어본다

우린 어디에서 와서 어디로 가는가

너와 나 우리는 우주 속 어디에

네가 있고 내가 있고 또 없어지고,

고요한 이 시각

조용한 마음으로

우주 속으로 밀어를 나눈다

언젠가 보고 싶은

언젠가 만나고 싶은

언젠가는 떠나는 날

우주라는 세상 어디에서 만나리

“푸라비다”

“푸라비다!” “푸리비다!”
모르는 사람에게도 친구에게도 외친다
“순수한 인생을 즐기자” “행복하세요”

중남미의 여름이 시작된다
너는 인간의 모습, 나는 동물로 살아가는,
서슴없이 공존하는 지상의 낙원!

푸르른 정글 숲이 있고 숲속엔 폭포가 있고
동굴이 있고 동굴엔 폭포가 쏟아지는
거북이도 인간을 믿고 찾아드는 해변의 모래사장
안심하고 135개의 알을 낳고 유유히 돌아가는,
말없는 약속을 남겨놓고 소리 없이 사라진다
소중히 알을 받아 새끼를 보호하고 사랑해 주고…

검은 대륙, 검은 피부가 빛나는 대륙!
바나나가 지천으로 널려있던 풍요의 땅
킬리만자로 가던 길, 어제 본 듯
눈앞에 아롱거린다

아프리카 탄자니아에서 만년설이 쌓인
영봉은 우리를 불렀었지!

5,895m의 백산을 바라보던 19년 전의 내 모습!
왜 그때 용기가 없었을까? 킬리만자로의 정복을,
우러러 바라보고 행복했던 한때를 그리워한다
내 생애의 절정을, 인생은 유한하다는 것을,
이제 와 겸손하게 되뇌이며 받아들인다

오늘도 '푸라비다'를 외쳐본다
나는 이미 몸뚱이를 여윈 우주임을 되뇌이다
"푸라비다 pura vida!"

그리운 세월

언제쯤인지 더듬어 본다
지금부터 19년 전 2004년의 일이다
우린 순식간에 의견 통합하고 대충 어설프게 준비해서 이웃 나라 가듯이
가벼운 마음으로 서로를 의지하고 떠났다 남아메리카로....
세상을 다 얻은 느낌, 경쾌한 마음, 하늘을 계속 날아오른다
남미 리오네자네이로 까지 밤낮 한 이틀 만에 도착한다.
아름다운 해변 비치, 반라의 이국 여성들,
도심 한가운데서 남녀가 탱고를 추고 있는
반라의 육체를 자랑하며 거리낌 없이 휘감고 흔든다.
우린 바로 눈을 뜨지 못한다. 가까이 가지도 못한다.
참으로 이상한 나라에 떨어진 느낌!
그러나 황홀함, 끝없이 날아오르는 무아지경!
나를 떠나 부유하는 기분, 우린 한없이 행복하였다.
아! 지금도 눈앞에 훤히 보이는 낭만, 황홀, 극락세계....

내가 힘겹게 걷고 있을 때
이것 저것 살기 힘들 때
하루의 해가 지루할 때
불현듯 보고 싶은 그리운 얼굴들, 한없이 풀어놓고 싶은 답답함,
그런 어느 날도 그 황홀한 순간을 생각한다.
내 인생에도 극락도 천국도 다 향유 하고
다 내 것인 때도 있었노라고,

눈을 감고 마음을 열고 천상을 배회한다.
한 세상 감사 할 뿐이다 나를 있게 한 모든 이에게.....

그리움이 쌓이는 계절

가을 낙엽 물드는 호수 가에 앉아
보고 싶은 얼굴들,
그리움만 차곡차곡 쌓여간다
어느새 마스크로 살아온 지 3년여
그리움이 쌓이는 계절만 무심하게 흐른다
은은히 물 들어가는 은행잎들도
파르르 떨고 있는 단풍잎들 사이에도
솔바람이 무심하게 훑고 지나간다
그리움은 가을을 탄다고 하던가
가을 단풍이 쌓여오듯 그리움이 쌓여간다
낙엽에 물이 들 듯 내 마음에도
그리움의 두께가 쌓여 가고 세월은 흐른다

칸트의 철학을 생각해 본다
하루도 빠짐없이 산책을 하면서
그는 무엇을 생각했을까?
비범과 평범의 차이, 흔들리는 나를 생각한다
인간과 인간의 차이를 깊이 느껴본다

인간과 자연의 속성을 깊이 느끼고 감상해 본다
인간의 옹졸한 세계를, 물 흐르듯 유연함을,
울긋불긋 쌓여가는 자연의 아름다운 순리를,
차츰 삭아지고 흙으로 돌아가는 자연의 순리,
인간의 섭리와 무엇이 다르랴
다음 생에 몸을 바꾸는 우린 똑같은 우주의 생물이다

먼 길

밝아오는 아침햇살에 감사기도를 드린다
어제와 다른 새날이 밝아 오는 아침
언제나 새롭고 반갑고 환희롭다

문득 해님을 바라보며 먼 세월 동안
먼 여로에서 하루같이 쓰다듬고 안아 준
해님의 고마움을 이제야 알 것만 같다

헤아릴 수 없는 수많은 나날들
팔순 세월들을 뒤돌아보니
사랑으로 살아온 긴 여정
무에서 유를 맞이하던 나날들

나에게 주어진 보물들
먼 길에서 주어진 행복들

아직도 끝나지 않은 나의 먼 길
아름답고 슬기롭게 정성으로 걸어가리라

제 5 부

별꽃 사랑

햇살 내린 오솔길에서
너를 만나고 있다
산에도 들에도
꽃 잔치 한창인데
고개 숙여 너를 찾고 있다
내 몸 낮추어야 보이고
잘 보아야 볼 수 있는 너
더 가까이 가서 별꽃을 찾는데
살랑거리는 작은 눈웃음
욕심 없이 반짝거리는
너와 나 사이 별이고 싶다
하늘이 하얗게 웃어주고
바람이 어루만져 주고
애틋한 우리 작은 만남을,
너와 나 사이 소박한 사랑
별꽃 사랑이어라
지천으로 덮고 있는 파랑 꽃 천지
밤하늘 별들만큼 수많은 너를
눈을 감고 어루만지고 희롱하며
내 가슴에 반짝거린다

크로노스의 시간

태양은 거침없이 떠오르고

일상의 반복은 남의 일인 듯

날씨보다 뉴스를 먼저 본다

'코로나19' 란 괴물의 정체를 살피고

서로의 만남도 위로도 눈 맞춤도

잊어버린 일상처럼 멀어져 간다

둔감하게 단순하게 일상의 반복

크로노스의 시간 반복의 시간은

모든 삶의 구속 우리를 슬프게 한다

자유를 갈망하는 카이로스의 시간들

〉

기회와 창조의 희열, 예술 같은 삶을,

자유의 시간을 꿈꾸며 역사를 만든다

벚꽃 길 2022

어느 사이에 봄이 왔을까?
창문을 열고 한참 아래 벚꽃 길을 보고 있다
내 마음 벚꽃 무리 위를 날고 싶다
꽃길을 걸어보라고 나를 부르지 않는
어쩜 저토록 음전할 수 있을까?
활짝 웃고 분분히 날리고 수다를 떨고 싶은
그들은 음전하게 우리를 기다리며 조신하다
잠시 풍경 하나 지나간다
흰 마스크를 한 여인이 사진을 찍을 듯
잠시 서성거리다 사라진다
그도 음전한 벚꽃 앞에서 무색한 듯 얌전히 사라지고
왠지 벚꽃도 여인도 모두 슬퍼 보인다
꽃들도 세상의 상처를, 지상의 아픔을, 사랑의 고갈을,
무심한 듯 찾아 주지 않는
어지러운 세상을 바라보며
사람이 그립고 넓은 세상이 그리워
조용히 조신하게 조금씩 성숙해지고 있다
세상 먼저 알고 벚꽃도 음전하게 피어있다
벗들과 손잡고 활짝 웃으며 걸어보고 싶다

사노라면

세상에서 한 자락만 잡아주어도
외롭지 않다는 것을,

캄캄한 밤길에서 한 손만 잡아주면
어두운 길 등불이 된다는 것을,

망망대해에서 허우적거릴 때도
한 조각 널판지만 있다면,

먼 여행길에서 동행한다는 것
손잡고 같이 걸어준다는 것을,

친구 찾아 나서는 길
마음 한 자락 의탁하는 길

사랑한다는 것은 넓은 품으로
한 자락 꼭 잡아주는 진실

살다보면 당신이 한 자락
꼭 잡아 주는 것은 믿음이다

희망봉을 데리고 오다

희망봉 닮은 삼각형 사암 한 조각!
2004. 12. 10 여기까지 데리고 왔다
13,500km 밖에서 내 품에 안겨
남아프리카 공화국 희망봉 정상에서 한순간 만나
찾아온 대한민국!
민락동에서 해운대로 이사를 오고
문갑 위에서 19년 6개월 동안 앉아 있었구나
물 흐르듯 긴 세월 흘러가는 동안
밤낮으로 지켜보고 있는 너를 잊고 살았다
하루같이 날마다 지켜본 너는 알리라
평온도 웃음도 눈물도 그리고 이별도
놓치지 않고 지켜보면서 소리 없는 응원을,
무심한 나에게 원망도 하였으리라
256m "폭풍우의 곶"을 얼마나 그리워하였을까?
케이프타운 해변의 출렁거리는 높은 파도를,
아름다운 야생화와 다람쥐들의 재롱까지
늘 그리워하면서 침묵하였으리라
반짝거리는 너의 아름다움을 보는 순간,
너를 예뻐하며 희망찬 나날이기를 꿈꾸었는데.....

창창하게 살고 싶었는데....
긴 세월 동안 무심하게도 까맣게 잊고 살아온 나,
힘겨운 시간들이 파도 되어 출렁거린다
노을 무렵에 이별을 생각하며 애처롭게 어루만지며
너와 나의 귀하고 깊은 인연!
남은 세월 동안 마주 보며 아끼고 사랑하리라

모란은 가고 없다

모란이
정을 먹고 사는 줄을 몰랐다
깊은 정을 품고 사는 줄도 몰랐다

아끼고 사랑하던 님이
먼 길 떠나고 나니
그도 생을 마감하고 있었나?

어느 날
무성했던 줄기는 물기를 접고
진분홍 꽃잎이 무너지기 시작한다
소담한 송이송이 마다 약속이나 한 듯
밤새 우수수 순절하고 떨어지다니....

긴 세월
아름다운 교감을 나누던,
한 삶을 같이 하고 떠나던 즈음
뼈아픈 둥치만 앙상히 남아있다

아끼고 거두던 님은 가고
쉰두 송이 모란의 향연
시름시름 시들다가
주저앉고 말았다 영원히 같이,

화중왕花中王 화왕花王이여!
무량 겹의 인연이었나?
그 여름 속절없이 자취를 다 감추고 사라졌다

그리고 나는 그곳을 떠나 왔다

그냥

오늘은 날씨가 쾌청하네요
살랑거리는 부드러운 바람결,
끝없이 날아오르는
그냥 장밋빛 세상이 이런 건가요

어제는 바람 불고 비 내리는
어둡고 쌀쌀한 홀로라는 길
더 깊숙이 빠져드는
그냥 그런 날에도 조용히 산다는 것,

아무런 할 말이 없는 날도
너와 나 사이에 무심한 시간들,
바쁜 너와 말없는 나 사이
그냥 무심한 것이 일상이라고 하자

희. 노. 애. 락. 순간에 요동치는
웃고, 성내고, 사랑하고, 즐기고,
한번 지나가고 나면 일장춘몽인가
그냥 살아가는 우리라는 삶

〉

근심일랑 세월에 맡겨두자
오늘도, 이것도 그냥, 저것도 그냥,
눈감고 먼 산 한번 보고 하늘 한번 보고
나를 버리고 나를 달래며 살아보자
한세상 다 살고 보니 내 뜻대로 되는 것 없고

그냥 웃고 살자 그리고 웃을 일만 찾아 나서자
그냥 모두 네 말이 옳다 져주자. 괜찮다
그냥 생긴 대로, 보이는 대로, 좋을 대로
그냥 편한 세상, 세상 따라 나를 잊고 살자.

봄비는 소리없이

고요한 아침이다
소리 없이 봄비는 내리고
창 아래 세상을 내려다본다
고루고루 곰살맞게 내리는 봄비
한 손으로 비를 받아본다

골고루 사뿐히 어루만지는 세상
메타세콰이야 높은 잎새부터 피어나고
굴참나무 부드러운 잔가지들
이제 막 피어나는 엉성한 잎새들,
봄비는 고루고루 어루만져준다

꼭대기부터 꽃이 피어나는 목련 나무들,
메타세콰야 높은 가지 잎새들 나풀거리고
화려한 벚꽃나무 높은 곳부터 새순이 나고,
물만 빨아올리면 꽃도 피고 새순도 나고
말없이 물 올려주는 뿌리의 힘을 응원한다
봄비는 먼저 알고 소리 없이 보슬보슬 내린다

가을 소리

칸나 꽃잎이 무너지는 기척,
오리목 열매 떨어지는 소리,
푸른 잎새 놀라는 소리,
낙엽 떨어지는 것만 가을이 아니다
바람이 스산하게 불 때면
마른 잎을 날리며 속삭이는 말
무성한 한철 다 하지 못한 절규를
호젓한 한 밤에 홀로 떨어지는 잎새의 묵언,

흔들리는 바람 소리,
사각거리며 몸 부비는 소리,
달밤에 날아가는 기러기 편에
일편단심 한 조각 소식 띄우리
가을밤 가을 소리 소슬하게 깊어 가는데
가을! 눈으로만 보는 것이 아니었다
가을밤 댓잎 우는 소리, 밤은 점점 구슬피 운다

비 오는 어느 여름날

빗속으로 조용히 추억이 내린다
싱그럽고 아름다운 설레임으로
울렁거리는 추억 한 토막,
돌아올 수 없는 세월
그 날은 끓는 청춘이었고
한없이 그리운 슬픈 이별이었다

숲속 오두막에서
신록의 속삭임을 듣고 있다
앞산도 뒷산도 개울가도 마주 보며
찌르륵 찌르륵 부르는 소리
웅덩이에 번져가는 동그라미의 유혹
긴 둑길을 달리며
흘러간 긴 세월을 탈출하고 있다

넘치는 푸르름 향긋한 냄새
출렁거리는 무성한 6월의 초대
이 만찬을 몇 번이나 즐길 수 있으랴
소곤거리며 부르는 빗물 소리

우주의 생명들! 지구라는 낙원에
함께 살고 있는 수많은 인연들!
오래오래 사랑하고 사랑하리라

문학은 나에게

삶, 고통이고 눈물이고 고해 바다
생활에 억매이지 말자고
아픔도 괴로움도 외로움도
그리고 그리움도 문학에 녹여
다시 살아나는 현실,

문학, 글을 쓴다는 것....
나를 쓰는 것 내 속을 쓰는 것
아무도 몰라도 된다
아무에게 말할 수 없는,

내 생의 찬가를 찾아
그리고 끝없는 여백들

그래, 그래, 그냥, 그냥,
한없이 넓어지고 너그러워진다면
나를 살려주는 원동력

새롭게 생각하고 느끼고 쓰고 또 쓰고

희열하고 감동하고 사랑하며 전율하며
아름다운 시심으로 하얀 눈길을 걸으며
끝나는 날까지 ....

바다에게

옥빛 푸른 광야에는
반짝이는 잔주름으로
언제와도 반겨주는
어머니 닮은 그 얼굴

달빛과 별빛
바람과 어둠까지
하늘과 땅 우주의 밀어를
품어주고 받아주는 너른 가슴으로

햇살 아래 찾아드는 온갖 생명들,
아픔 고통 욕망과 거짓
허망한 몸부림까지
바다가 어루만지면 모두 웃는다

아지랑이 물보라 속
속삭이는 만남이 있을 뿐,
물이랑 속 깊숙이 젖어든다
수녀님 셋은 신을 벗었다

풍경소리

소리들은 어둠의 강을 건너갔다
귀를 세운다 한밤에,
창문을 꼭꼭 닫고 커튼을 친다

소리없는 밤을 탐한다
가슴 가득 울림으로 다가오는 소리들
멀리 날아가 버린 종소리
이름 모를 새들의 지저귐
창호지 문살에 도란거린다

한밤중에
호롱불 하나
나는 풍경소리가 된다

햇살

얼마나 먼 곳에서 오고 있을까?
무한대 무한공간 무한 세계
어디쯤일까?
이 따뜻한 온기 이 빛나는 햇살
바로 바라보기엔 눈부신
이 온화한 손길 빛나는 웃음을,
세상에선 모르는 세계
알 듯 알 듯 스쳐 가는 세상들
무엇하나 부족함 없이 내리쬐는
그대 품안 따스함 더운 온기를,
어제도 오늘도 그대 그리는 생명들,
가다 서고 가다 앉고 그대 사랑의 빛 따라
천천히 서서히 따라가는 세상
그대와 오래오래 같이 살고지고….

몸도 마음도 녹혀 주소서!
외로움도 고달픔도 고통도
쓸쓸함까지 녹혀 주소서!
그리고

찬란한 그대 언제까지 언제까지
어루만지고 밝혀 주소서!

서생포 왜성

굴욕의 역사도 버릴 수 없어
벚꽃 떨어져 얼룩진 길
돌 자갈 역사를 밟아 본다
봄빛 등에 지고 가슴만 끓어오르는,
누구를 위한 성인가?
빼앗은 땅에 돌성을 쌓은 왜적들
모가 나고 갈라지고 날카로운 돌조각들의
외침! 그 날의 분노를 되새김한다
앙다문 분노의 현장을.....

어린 새싹들이 손잡고 만져보고 간다
저 어린 새싹들이 무엇을 알까?
피멍울 울부짖던 서생포 왜성을,
지금도 서생포 앞바다는 퍼렇게 출렁인다
하얀 포말을 토하며,

추억

벌레 먹다 만 단풍잎들
지난 세월 쌓아 온 흔적들을 주워 모으다

예쁜 날 흐린 날 구름 낀 날
찢기고 넘어지고 피 흘린 자국 들
아름다운 추상화를 주워 모으다

무성한 지난날의 역사를
한 잎 한 잎 주워 모으다

비에 젖고 바람에 날리고
쌓이고 쌓여 온 세월들을
촉촉한 사랑으로 모으다

떨어지는 낙엽 한 잎 한 잎
지구별에서 떨어지는
작은 별 하나 주워 모으다

카이로스의 종소리
김덕남

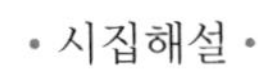

시간과 소리의 시학–자아, 그리고 사계四季의 시간적 상상력

양왕용
(한국현대시인협회 이사장, 부산대 명예교수)

시간과 소리의 시학-자아, 그리고 사계四季의 시간적 상상력

- 김덕남 시집 『카이로스의 종소리』의 작품 세계

양왕용
(한국현대시인협회 이사장, 부산대 명예교수)

김덕남 시인은 필자가 속한 진주를 학연으로 모인 〈남강문학회〉(현재는 남강문학협회로 개칭되어 있음)의 창립 회원이자 필자의 선배 회원이다. 진주사범학교를 졸업하고 초등학교 교원으로 있으면서 필자의 진주고 선배분과 결혼하여 아드님들도 의사로, 치과대학 교수로 훌륭히 키우신 분이기도 하다. 그러면서 학업도 계속하여 동아대학교를 수료하고 한국방송통신대학교를 졸업한 성실한 분이기도 하다. 교직을 정년하고는 사범학교 시절부터의 꿈인 《에세이문학》(2005년)에 수필가로 《서정문학》(2011년)에 시인으로 데뷔하였다. 《남강문학》에는 창간호(2009년)부터 주로 수필을 발표하였으며 여행 매니아인 사범학교 동기의 주선으로 남미를 여행하고 여행기를 내기도 했다. 이렇게 행복하고 활

동적인 그녀에게 건강하던 남편의 와병과 죽음이라는 불행이 닥쳐 한동안 칩거한 관계로 필자와 교류가 뜸하다가 시집 원고를 가지고 그 해설을 필자에게 부탁하는 자리에서 만나게 되었다. 그동안 수필집도 여러 권 내었으며 이 시집이 세 번째이다.

김덕남 시인과 대화를 나누어 보면 매사에 진지하고 신중한 태도를 가지고 있는 점을 알 수 있다. 따라서 과묵하고 감정을 표면적으로 드러내지 않지만 진실성을 엿볼 수 있는 인격을 가지고 있다. 이번 시집 원고에서도 이러한 점을 반영하듯이 시를 창작하는 태도와 시 속의 사물에 대하여 여류시인 특유의 낭만적이고 감성적인 표현보다 다소 철학적이고 진지한 표현과 태도를 가지고 있는 작품들이 많다.

우선 김 시인의 시 에서는 시간을 등장시켜 깊은 사유를 하는 시편들이 많다. 시간에 대하여 철학자의 말을 빌리면 '시간은 인간의 마음이 터전이며 마음의 순수지속을 근거로 하지 않고는 시간은 없다'고 한다. 말하자면 시간이 오고 간다는 시간의식이 있을 뿐이라고 한다. 그런데 김 시인의 시에는 '시간'이 직접 등장하면서 그 속에 존재하는 시적 화자 '나'의 존재 의미를 밝히고 있다. 그리고 그의 시에는 시간의 큰 질서인 봄, 여름, 가을 그리고 겨울 즉 사계가 제목 속에 많이 등장하고 있다. 이를 통하여 김 시인의 사계절에 대한 인식의 양상을 파악할 수 있다.

우선 시간 속에서 시적 화자 '나'의 존재의 의미를 탐구하는 세 작품 「무無의 세계」(제1부), 「카이로스의 종소리」(제4부), 「크로노스의 시간」(제5부)을 살펴보기로 한다.

> 고요하고 물속같이 침전하는 시간에 나는 무엇을 할까? 내 마음이 가는 대로 내 손이 잡는 것을 지켜보고 있다 주변에는 손에 잡히는 것도 눈이 찾고 있는 것도 나를 부르는 것도 없는 밤, 그리고 외롭지도 쓸쓸하지도 복잡하지도 고독하거나 누군가 그리운 것도 아닌, 눈앞에 보이는 것들이 아무말없이 조용히 나를 지켜보고 있다 무의식 또는 반 무의식으로 머리와 마음과 손을 자유롭게 방치해둔다
>
> 지금 나란 존재는 내가 관리 하지 않는다 이 정중한 밤의 엄숙한 분위기에 나는 고요히 말없이 얹혀 있다 무의식 세계가 나를 멀리 두고 관조하고 물끄러미 바라본다 이 순간에 기쁨도 슬픔도 그리움도 고독도 쓸쓸함도 아니면 어떤 환희 환호 열광 열정 바쁨이나 쫓김도 없다 무의미 무의식 무감각 그리고 또렷하게 밝아오는 눈앞의 밝음과 고요함..... 이런 무감각 무의식 무관심 무의 세계로 즐기면 된다 그저 고요하다 편하고 안

락하다 맑고 투명한 내 속이 보인다
아, 이런 순간을 갖고 싶으나 내 의지는 아니다
적막과 고요 속에 합일하는 순간, 나는 없다

–「무無의 세계」 전문

인용한 작품「무無의 세계」는 행이나 연을 전혀 구분하지 않는 산문시이다. 그리고 중간의 문장부호도 생략되었다. 따라서 정독을 하지 않으면 의미 파악도 어렵다. 시의 첫 문장에서는 '고요하고 물속 같은 시간'에 나는 무엇을 할 것인가를 스스로에게 물으면서 시는 시작된다. 둘째 문장에서는 시적 화자 '나'가 자신의 마음 가는 대로 잡는 사물들을 지켜본다고 일종의 내면의식을 보여 주고 있다. 다음부터는 '나'와 주변과의 관계에 대한 "나'의 판단을 진술하는 것으로 일관하고 있다. 시적 화자는 주변에 있는 사물들을 잡고 그들을 의지하고 싶으나 그들은 나에게 전혀 관심을 보이지 않고 그냥 지켜보고 있을 뿐이라고 인식한다. 이러한 상황은 시적 화자 '나'를 극도로 절망하게 하는 상황이라고 볼 수 있다. 그러나 '나'는 이러한 상황을 무의 세계라고 규정하면서 절망을 극복한다. 뿐만아니라 모든 존재가 소멸한 무의 세계에서 오히려 자유를 얻는다. 달리 표현하면 그는 무의 세계에서 오히려 즐거움 혹은 안식을 발견하는 것이다. 그런데 이러한 순간은 내 의지는 아니라고 하면서 자신의 존재마저

부정하는 것으로 시는 끝나고 있다. 내 의지가 아니면 누구에 의하여 도래한 행복일지는 이 시에서 그 판단이 유보되고 있다.

이 시에 제시되고 있는 시간을 우리는 아무 생각 없이 멍때리는 시간이라고들 한다. 말하자면 갑자기 닥치는 어쩔 수 없는 복합적인 절망을 극복하는 것은 시간이 흐른다는 생각을 의식하지 않은 무시간의 상태에서 아무 생각 없이 보내는 과정을 거치는 길이 최선이라는 인식을 가지고 있다. 아마 김 시인은 그 자신의 절망을 극복한 체험을 살려 이러한 무시간 상태를 시적으로 진술한 것이라 볼 수 있다.

산사의 종소리가 그립다
저녁 종소리는 그리움이다
물소리 정겨운
통도사 계곡이 눈앞에 다가 온다
맘껏 날아가는 멧새들처럼
일상을 던져두고 낙엽을 밟으며
적멸보궁을 찾아 나서고 싶다
때때로 나를 이끄는 카이로스의 시간!
산속을 자유로이 거닐고 싶다
일상에서 한 발짝도 자유롭지 못한
'코로나 19' 재앙 속에 갇혀 있는
어떤 구속과 반복의 시간은

우리를 한참 슬프게 한다

크로노스는 반복의 시간이면

카이로스는 자유로운 창조의 시간이다

우리는 이 두 겹의 시간을 향유하며

필멸과 불멸의 시간을 함께 살아가고 있다

평범한 삶의 행복을 모르고 살아왔다

주어진 일상 속에서

진정 자유로운 영혼이기를 갈망하며

저녁 종소리에 나를 맡기고 싶다

–「카이로스의 종소리」 전문

이 작품은 이 시집의 제목이기도 하다. 시적 화자 '나'가 통도사의 저녁 종소리를 듣고 싶어 하는 것으로 이 시는 시작된다. 통도사의 계곡을 산책하면서 저녁 종소리를 듣는 것이 아니라 언젠가 들었던 기억을 회상하며 그것을 그리워하고 있는 것이다. 그리고 그가 통도사에 특히 찾고 싶은 곳은 석가모니의 진신 사리가 있는 전각 즉 적멸보궁이다.

그러면서 등장하는 시간이 '카이로스의 시간'이다. '카이로스'라는 어휘는 그리스 신화에서 나온 것으로 시간의 신을 가리키는 것이다. 절대적 시간의 시간을 뜻하는 신 '크로노스'에 비하여 기회를 잡을 수 있는 시간 즉 평생 기억되는 개인적 경험의 시간을 뜻하는 신이다. 그래서 크로노스의 시간이 무의미한 시간이라면 카이로스의 시간은 유의미한 시간이다. 김 시인은 이 작품에서 코로나 19로 구속과 반복의 무의미한 시간을 크로노스의 시간이며 이것은 '우리를 슬프게 한다.'고 인식하고 있다. 이어서 김 시인 자신의 카이로스 시간에 대한 해석을 가한다. 카이로스의 시간은 '자유로운 창조의 시간이며 우리는 크로노스와 카이로스 두 겹의 시간 속에서 살고 있다고 보고 있다. 뿐만 아니라 그것들은 필멸과 불멸이라고 규정하고 있다.

또한 김 시인은 사람들은 평범한 일상 속에도 카이로스의 시간을 발견할 수 있는데 그것을 잊은 채 크로노스의 시간으로 살아왔다고 보고 있다. 그러한 것으로부터 탈피하여 진정 자유로운 영혼이기를 갈망하며 그 구체적인 방법이 통도사의 저녁 종소리를 그리워하는 것이고 적멸보궁 탐방이라고 본다.

부처님의 진신 사리가 있는 한국 5대 사찰 중에서도 가장 많은 사람들에게 알려진 통도사 탐방체험에서 카이로스의 시간을 발견하고, 통도사의 저녁 종소리를 자신의 자유로운 영혼에 대한 열망하는 카이로스 시간의 구체적 양상이라고 표현하고 있는 이 시는 김 시인의 여든이 넘는 생애의 긴 시간에서 얻은 결론이라고 생각된다. 이러한 생각은 그의 다른 시 「크로노스의 시간」(제5부)에서도 다음과 같이 그대로 표현되고 있다.

자유를 갈망하는 카이로스의 시간들

기회와 창조의 희열, 예술 같은 삶을,

자유의 시간을 꿈꾸며 역사를 만든다

– 「크로노스의 시간」 마지막 3행

이상과 같이 김 시인은 절망의 무시간 즉 '크로노스의 시간'을 탈피하고 시와 수필을 창작함으로써 '카일로스의 시간'을 향유하고 있다고 볼 수 있다.

다음으로는 인간이 만든 시간 단위 가운데 큰 단위의 하나인 사계절 즉, 봄, 여름, 가을, 겨울이 김 시인의 시 속에서 어떻게 인식되고 있는가를 살펴보기로 한다.

우선 봄과 관련된 작품 두 편 「봄을 데리고 오다」(제1부)와 「봄비는 소리없이」(제5부)를 살펴보기로 한다.

울창한 소나무 사이로

빛처럼 내리는

따스한 햇살 한줄기

이름도 모르는

알록달록 풀꽃들이

함지박 가득히 떨고 있다

유달리

눈을 맞추고 웃어주는
분홍 풀꽃 하나 가슴에 안긴다

숨소리 있는 듯 없는 듯
향기 한 움큼

겨울 산자락에서
살며시 봄을 데리고 왔다

―「봄을 데리고 오다」 전문

봄은 굳이 신화비평과 같은 이론을 가져오지 않아도 겨울에 죽은 듯이 있던 많은 식물들이 소생하는 계절이다. 그래서 탄생, 희망, 약동 등으로 상징된다. 김 시인의 시 「봄을 데리고 오다」 역시 이러한 점에 착안하여 햇살을 받은 이름 없는 풀꽃들이 피어나는 것을 지금까지의 '시간 시편'들과는 달리 응축된 시어와 간략한 행과 연구분을 바탕으로 시를 전개한다. 그리고 사물들 하나하나가 정지되어 있지 않고 미세하지만 움직이고 있다. 뿐만아니라 보이지 않는 향기까지 청각적 이미지를 동원하여 시각화 하고 있다.

그런데 이 시에서 주목받을 만한 부분은 마지막 연인 '겨울 산자락에서/살며시 봄을 데리고 왔다'이다. 봄을 겨울과 연속시키는 점에서 직선적 시간 의식이 아니고 순환적 시간 의식을 가지고 있다. 그리고 봄이 스스로 온 것이 아니고 누군가 데리고 왔다는 인식 자체도 문제적 인식이다. 데리고 온 주체가 누구인가 하는 점을 생각해 보아야 할 것이다. 기독교식으로 표현하면 만물을 주재하는 창조주라고 보면 될 것이나 순환적 시간 의식을 가지고 있는 점에서 그렇게 해석할 수 없다. 필자는 그가 추구하고 있는 시간이 봄을 데리고 온 것이라고 보는 것도 하나의 해석방법이라고 생각한다. 말하자면 김 시인은 봄은 스스로 온 것이 아니라 세월의 흐름 달리 말하면 시간에 의하여 겨울 산자락을 넘어온 것이다. 이렇기 때문에 이 시에 등장하는 사물들은 순간적으로 표착된 것이 아니라 흐르는 시간 속에서 오랫동안 관찰된 것이다.

봄과 관련된 다른 작품인 「봄비는 소리없이」(제5부)에서는 이러한 움직임이 '소리'로 등장하고 있다. 제목에서도 '소리'가 등장하지만 다음과 같은 끝부분에서는 소리 없음에 대하여 언급하기도 한다.

> 꼭대기부터 꽃이 피어나는 목련 나무들,
> 메타세콰야 높은 가지 잎새들 나풀거리고
> 화려한 벚꽃나무 높은 곳부터 새순이 나고,
> 물만 빨아올리면 꽃도 피고 새순도 나고
> 말없이 물 올려주는 뿌리의 힘을 응원한다
> 봄비는 먼저 알고 소리 없이 보슬보슬 내린다
>
> –「봄비는 소리없이」 셋째 연

다음으로 여름과 관련된 작품「비 오는 어느 여름날」(제5부)에 대하여 살펴보기로 한다.

빗속으로 조용히 추억이 내린다
싱그럽고 아름다운 설레임으로
울렁거리는 추억 한 토막,
돌아올 수 없는 세월
그 날은 끓는 청춘이었고
한없이 그리운 슬픈 이별이었다

숲속 오두막에서
신록의 속삭임을 듣고 있다
앞산도 뒷산도 개울가도 마주 보며
찌르륵 찌르륵 부르는 소리
웅덩이에 번져가는 동그라미의 유혹
긴 둑길을 달리며
흘러간 긴 세월을 탈출하고 있다

넘치는 푸르름 향긋한 냄새
출렁거리는 무성한 6월의 초대
이 만찬을 몇 번이나 즐길 수 있으랴
소곤거리며 부르는 빗물 소리
우주의 생명들! 지구라는 낙원에
함께 살고 있는 수많은 인연들!

오래오래 사랑하고 사랑하리라

–「비 오는 어느 여름날」 전문

김 시인은「비 오는 어느 여름날」에서 여름과 관련된 사물이나 풍경에 대한 객관적 묘사가 아닌 비 오는 어느 여름날에 있었던 예전의 일을 추억하는 것으로 시는 시작된다. 그 회상은 구체적이기는 아니지만 젊음과 슬픔을 간직하고 있다. 첫째 연에 이어서 둘째 연은 아마 추억 속의 그해 여름의 풍경을 감각적 이미지로 현재화한 것이라고 볼 수 있다. 김 시인이 즐겨 사용하는 감각적 이미지는 시각적 사물에서 소리 즉 청각적 이미지를 발견하는 경우가 많다. 이 부분에서도 '숲속 오두막에서/신록의 속삭임을 듣고 있다'고 진술한 다음 갖가지 소리들이 등장하고 있다. 공감각적 이미지의 경우 다른 감각들을 시각화하는 것이 보편적인 유형인데 김 시인은 시각 현상을 청각적 이미지로 전환하는 특징을 가지고 있다. 달리 말하면 '소리'를 통한 상상력의 전개이다. 소리는 공간의식이라기보다 시간 의식에 의존하는 상상력이다. 아마 이 시도 여름에 내리는 빗방울 소리를 듣고 과거의 추억을 떠올렸을 것이다.

마지막 연에서는 이러한 여름은 단순한 과거의 추억으로만 느끼는 것이 아니고 지금도 '넘치는 푸르름과 그것에 동반한 향긋한 냄새'로 즐기고 있다. 그것도 6

월의 초여름을 만찬이라고까지 극찬한다. 또한 여기서도 '소곤거리며 부르는 빗물소리'라는 이미지가 등장하여 소리 즉 '시간의 상상력'을 전개하고 있다. 마지막 연에서 지적해야 할 특성 하나는 이러한 상상의 공간을 우주로까지 확대시키고 김 시인 자신의 수많은 인연에 대한 사랑을 보여주고 있는 점이다. 이러한 확대지향성은 그의 다른 작품들에서 제목만 보아도 알 수 있다. 즉 「달도 언젠가는 지구를 떠난다?」(제1부), 「별나라에는 누가 살까?」, 「천문학자 리비트」(제3부), 「우주 속에서 속삭이다」(제4부) 등에서 그러한 점을 발견할 수 있다.

다음으로는 가을과 관련된 작품 「가을 소리」(제5부)에 대하여 살펴보기로 한다.

> 칸나 꽃잎이 무너지는 기척,
> 오리목 열매 떨어지는 소리,
> 푸른 잎새 놀라는 소리,
> 낙엽 떨어지는 것만 가을이 아니다
> 바람이 스산하게 불 때면
> 마른 잎을 날리며 속삭이는 말
> 무성한 한철 다 하지 못한 절규를
> 호젓한 한 밤에 홀로 떨어지는 잎새의 묵언,
>
> 흔들리는 바람 소리,

사각거리며 몸 부비는 소리,

달밤에 날아가는 기러기 편에

일편단심 한 조각 소식 띄우리

가을밤 가을 소리 소슬하게 깊어 가는데

가을! 눈으로만 보는 것이 아니었다

가을밤 댓잎 우는 소리, 밤은 점점 구슬피 운다

–「가을 소리」 전문

가을과 관련된 작품 「가을 소리」에서는 한 걸음 더 나아가 '소리'가 제목으로 등장하고 있다. 그리고 첫째 연에서 가을의 산야에서 흔히 볼 수 있는 단풍은 전혀 등장하지 않고 흔하지 않은 칸나 꽃잎 무너지는 소리 그리고 오리목 열매 떨어지는 소리 등을 등장시키고 있다. 심지어 '낙엽 떨어지는 것만 가을이 아니다'라고 규정한다.

사실 칸나 꽃잎이나 오리목 열매들의 떨어지는 소리를 듣는 경우는 그렇게 흔하지 않을 것이다. 소리를 낸다고 해도 아주 미세한 소리일 것이다. 이어서 전개되는 '마른 잎의 소리'나 호젓한 밤에 홀로 떨어지는 잎새들은 미세한 소리조차 내지 못한다고 인식하고 있다. 이렇게 소리 내지 못함으로 인하여 가을의 비극성은 상승된다. 그렇다면 이들의 소리에서 연상될 수 있는 정서는 사물의 부재로 인한 상실감에서 오는 슬픔이라고 볼 수 있다. 말하자면 가을을 결실의 계절이 아닌 상실의 계절로 본 것이다. 이러한 비극성이 첫째 연에서는 직접적으로 등장하지 않지만 둘째 연에서는 흔들리는 바람소리와 기러기를 등장시켜 미세한 소리와 함께 깊어 가기 때문에 가을은 눈으로 보는 것만이 아니라고 주장까지 한다. 그래서 결국 둘째 연의 마지막 행이자 이 시의 끝 행에서 '가을 밤 댓잎 우는 소리, 밤은 점점 구슬피 운다'라는 표현으로 비극성을 노출하고 있다. 이렇게 김 시인은 가을의 상징성을 결실이 아닌 상실로 보아 신화비평에서 말하는 사계의 상징성에 접근하고 있다.

마지막으로 겨울에 관련된 작품 「겨울이 오는 소리」(제2부)에 대하여 살펴보기로 한다.

> 참새 떼들이
> 햇살 찾아 옹기종기 모였다
> 서산 응달에는
> 어두움이 짙어 오는데
>
> 호수가 계단마다
> 엉거주춤 모여드는 어르신들
> 넘어가는 햇살 한 웅큼
> 다스한 온기에 주름살 펴지고

호수는 고요히 반짝이고
뛰놀던 피라미 떼 돌 틈에 숨었다

달리는 청춘들 싱그러운 소나무,

밀차 밀고 가는 아담한 노인들
어느 세월에 허리 굽었을까?

새날 새봄이 오는 날
한 걸음이라도 더 걸어 보겠노라고

겨울 호숫가에는 정다운 세상이 보인다

–「겨울이 오는 소리」 전문

지금까지의 계절들의 시편에서는 계절과 관련 있는 자연들이 시의 중요한 배경 혹은 제재로 등장하였다. 그러나 「겨울이 오는 소리」에서는 비록 김 시인이 일관되게 추구하고 있는 '소리'가 제목 속에 등장하고 있지만 겨울에 관련된 자연이나 풍물들은 그야말로 단순한 배경에 지나지 않고 노인들이 중요한 제재로 등장하고 있다. 뿐만아니라 겨울을 상징할 수 있는 소리는 전혀 등장하지 않는다.

이 시의 시간적 배경은 겨울하고도 어둠이 짙어 오는 저녁 무렵이고 햇살도 사라지는 시점이다. 따라서 사계의 겨울 상징인 죽음 혹은 비극에 해당한다. 이러한 배경에 넘어가는 햇살이라도 받아 추위를 쫓아보기를 기대하는 노인들이 배치되어 있다. 뿐만아니라 스스로 걷지 못하는 노인들까지 등장한다. 이렇게 보면 대단히 우울한 풍경이다.

그러나 김 시인은 오히려 마지막 행에서 '정다운 세상'이라고 인식한다. 이러한 결말에 도달하기 위하여 중간중간에 호수의 반짝이는 풍경과 달음박질 하는 젊은이와 싱그러운 소나무를 배치하고 있다. 그리고 봄이 오면 지금보다는 건강하게 걸을 수 있을 것이라는 희망도 제시하고 있다. 말하자면 겨울이 지나면 다시 봄이 온다는 순환적 시간 의식이작동하고 있는 것이다.

지금까지 살핀 김 시인의 시 창작의 원리는 공간적 상상력인 시각적 이미지보다 시간적 상상력인 청각적 이미지가 공감각의 근본적인 이미지로 작동하고 있는 점이다. 이러기 위해서 그 자신 무의미하고 무의식적인 크로노스의 시간보다 유의미하고 창조적인 카이로스의 시간을 가지기 위해서 시 쓰기와 수필쓰기를 선택하고 있다. 말하자면 단순한 소일꺼리가 아닌 그가 자주 사용하는 우주 속에서 보람 있는 삶을 유지하기 위한 '나를 살려주는 원동력'(「문학은 나에게」)으로서 창작 행위를 하고 있다.

또한 그는 상상력의 원천을 시간의식과 관련이 있는 '소리'에서 찾고 있다. 이 점 역시 간단하게 처리할 일은 아니다. '소리'에 대한 김 시인의 사랑 혹은 동일시 현상을 보여준 시 한편을 인용하면서 김덕남 시인의 시집읽기를 마친다.

> 소리들은 어둠의 강을 건너갔다
> 귀를 세운다 한밤에,
> 창문을 꼭꼭 닫고 커튼을 친다
>
> 소리없는 밤을 탐한다
> 가슴 가득 울림으로 다가오는 소리들
> 멀리 날아가 버린 종소리
> 이름 모를 새들의 지저귐
> 창호지 문살에 도란거린다
>
> 한밤중에
> 호롱불 하나
> 나는 풍경소리가 된다
>
> –「풍경소리」 제5부, 전문

사임당 시인선 25

카이로스의 종소리

초판인쇄 | 2023년 10월 15일
초판발행 | 2023년 10월 20일

지 은 이 | 김덕남
펴 낸 이 | 배재경
펴 낸 곳 | 도서출판 작가마을
등 록 | 제 2002-000012호
주 소 | 부산광역시 중구 대청로 141번길 15-1 대륙빌딩 301호
서울시 도봉구 도당로 82(방학1동, 방학사진관 3층)

T. 051)248-4145, 2598 F. 051)248-0723 E. seepoet@hanmail.net

ISBN 979-11-5606-234-9 03810 정가 12,000원

※ 본 도서는 한국예술인복지재단의 '창작준비금지원사업 – 창작디딤돌' 지원을 받았습니다.